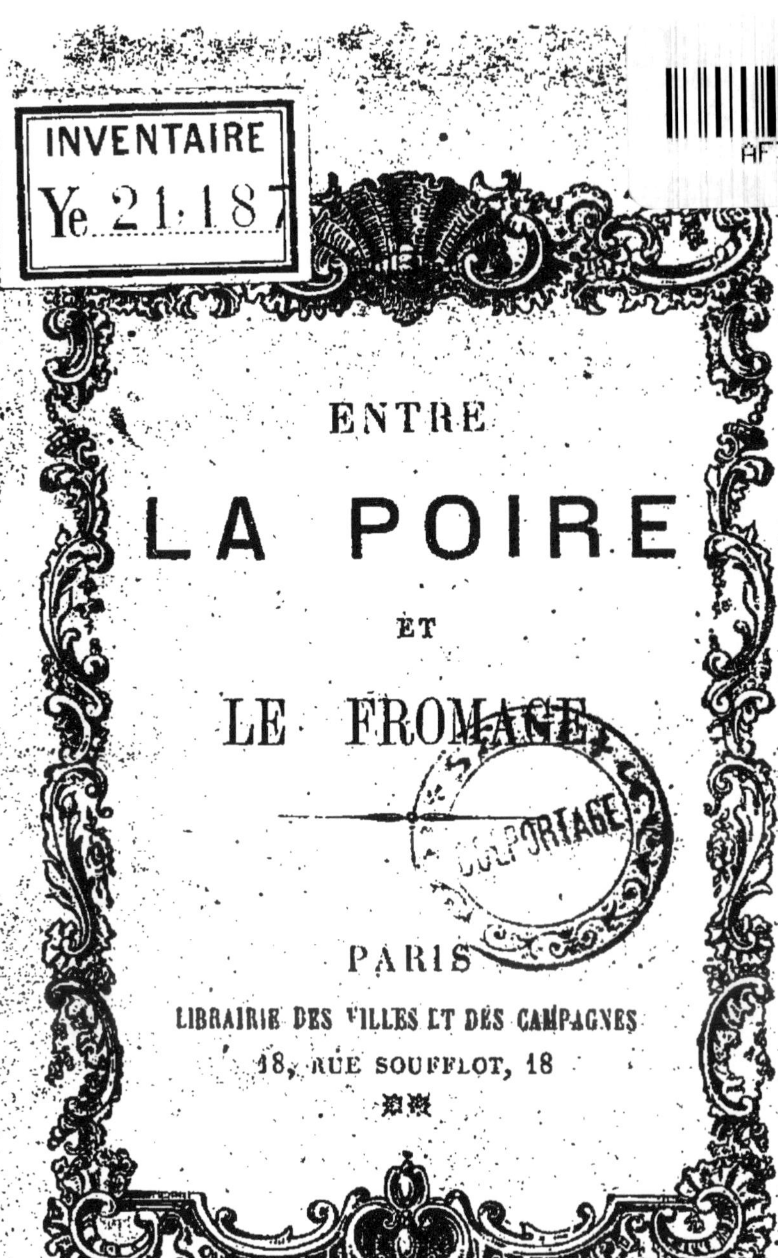
ENTRE

LA POIRE

ET

LE FROMAGE

PARIS

LIBRAIRIE DES VILLES ET DES CAMPAGNES
18, RUE SOUFFLOT, 18

ENTRE LA POIRE

ET

LE FROMAGE

CHANSONS NOUVELLES

PAR

Célestin Gauthier, Delachaussée, Aubry, Belton, etc.

PARIS

LIBRAIRIE DES VILLES ET DES CAMPAGNES

18, RUE SOUFFLOT, 18

CHANSONS NOUVELLES

Pour 1874.

ENTRE LA POIRE ET LE FROMAGE

CHANSON DE TABLE

AIR : *Le Charlatanisme.*

Le Français, je ne sais pourquoi,
De jour en jour perd son vieux rire,
Pourtant on n'a pas fait de loi,
Que je sache, pour le proscrire.
Donc, mes amis, en bons Gaulois,
A la gaîté rendons hommage.

Refrain :

Et tous, à table, à pleine voix,
Chantons nos airs les plus grivois,
Entre la poire et le fromage.

Le progrès n'est pas en retard
En France plus qu'ailleurs, j'espère ?
Non ! car chez nous chaque moutard
En sait autant que père et mère.

Donc, mes amis, en bons Gaulois
Au gai savoir rendons hommage,
     Et tous, à table, etc.

La guerre a creusé des tombeaux
A nombre d'enfants très-valides ;
Pour en susciter de nouveaux
Tous il faut nous montrer solides.
Donc, mes amis, en bons Gaulois,
Au dieu d'amour rendons hommage,
     Et tous, à table, etc.

Chantons, et nos cœurs fatigués
Pourront renaître à l'espérance,
Lorsqu'ils verront — mousseux et gais —
S'agiter nos vieux vins de France !
Donc, mes amis, en bons Gaulois,
Au jus du crû rendons hommage,
     Et tous, à table, etc.

Sur terre, tant que nous vivons,
D'en haut, d'en bas, tout nous crie : aime !
Or donc, aimons, chantons, buvons,
Puisque c'est là la loi suprême !
Oui, mes amis, en bons Gaulois,
Au Créateur rendons hommage,
     Et tous, à table, etc.

Célestin GAUTHIER

PLUS NOUS ALLONS, MOINS NOUS VALONS

CHANSON SATIRIQUE

Chantée par ANDRIEUX

Musique de LOUIS GEHIN

Pour désigner les temps célèbres dans l'histoire,
On dit : *Le siècle d'or, le siècle auto-da-fé* ;
On nommera le nôtre, au temple de mémoire,
Siècle de l'habit noir et du filet truffé !

Refrain :

Si nos descendants, bons apôtres,
Valaient au moins mieux que nous autres !
Mais non (*bis*). Et plus nous allons,
Moins nous valons !

Autrefois à vingt ans l'homme allait à la guerre,
Et par des coups hardis il cherchait à briller ;
Aujourd'hui nous vivons pour faire bonne chère,
Et nous ne brillons plus qu'en l'art de s'habiller
Si nos descendants, etc.

Nos bons aïeux savaient dans les longues veillées
De traits malins et vifs émailler leurs discours ;
Nous, nous ne savons rien dans nos fades soirées
Que parler de la bourse et de son dernier cours !
Si nos descendants, etc.

On se rit d'un ami quand le sort intraitable
Sur son estomac creux pose un genou vainqueur ;
Et si quelque étranger nous invite à sa table,
C'est d'après ses dîners que nous jugeons son cœur
      Si nos descendants, etc.

Nos grands-pères chantaient les fines chansonnettes
De ces malins auteurs : Béranger, Désaugiers ;
Nous autres nous chantons des *crevés*, des *crevettes*
Les vénales amours en couplets orduriers !
      Si nos descendants, etc.

Notre cœur, sauf pour l'or, n'a plus ni foi, ni culte,
Croyance et sentiments, chez nous tout est usé.
En ce siècle pervers il n'est plus d'âge adulte :
Un jeune homme à vingt ans est caduc et blasé !

      Si nos descendants, bons apôtres,
      Valaient au moins mieux que nous autres !
      Mais non (*bis*). Et plus nous allons,
        Moins nous valons !

                  Célestin Gauthier.

LES CULOTTES

CHANSON BACHIQUE

Musique de LOUIS GERIN

Refrain :

Pour bannir le chagrin,
      A la-ronde,
Il n'est qu'un baume souverain,
      C'est le vin,
Ce régénérateur du monde !

Jean, de tous serments délié,
Vivait en gai célibataire.
Par son père il fut marié
A Célina, riche héritière.
C'est malgré lui qu'il l'épousa
La belle était déjà vieillotte ;
Mais au festin il se grisa,
Ce fut sa première culotte.

Trois mois après, le croiriez-vous ?
La chose est pourtant véridique,
Madame fit à son époux
Cadeau d'un poupon magnifique.
Jean fut d'abord très-étonné ;
Puis il mit tout sous sa calotte,
En baptisant son premier-né,
Il prit sa seconde culotte,

Sans cesse, son humble logis
Etait assailli de visites ;
Tous les beaux hommes du pays
Pour le sien désertaient leurs gîtes.
Et quand sa femme régalait
Ces messieurs d'une matelote,
Jean, pour ne point gêner, allait
Prendre à sa cave une culotte.

En suivant ce petit train-train
Madame fit mauvais ménage ;
Mais elle trépassa, soudain,
Après deux ans de mariage.
Jean, sur ce coup qui le troubla ,
Craignant que son cœur ne sanglote,
Vite au cabaret s'en alla
Prendre une nouvelle culotte.

Jean, tout joyeux, sentit son cœur
Qui de plaisir chantait la gamme,
Et s'écria plein de ferveur :
« Enfin j'ai donc perdu ma femme ! »
Il lui fit un enterrement
Superbe, nous dit l'anecdote,
Et s'enivra si tellement
Qu'il prit sa dernière culotte.

    Pour bannir le chagrin,
       A la ronde,
Il n'est qu'un baume souverain,
       C'est le vin,
Ce régénérateur du monde.

Célestin GAUTHIER,

MA BOUTEILLE ET MES CHANSONS

Air : *A genoux devant le soleil*
ou *Ma Lampe veille encore* (Béranger.)

Tendres amours, jeune bergère,
Ma faible voix sut vous chanter ;
Dans le bel âge où l'on peut plaire,
Heureux qui se fait écouter !
De Bacchus la liqueur vermeille
M'inspire aujourd'hui d'autres sons :
Je consacre au dieu de la treille
Et ma bouteille et mes chansons.

Qu'un avare, dans sa clémence,
Passe sa vie en entassant ;
Que sur le char de l'opulence
Un fat m'éclabousse en passant,
Tout leur bonheur peu m'importune ;
Sans avoir terres ni maisons,
Le cœur content, j'ai pour fortune
Et ma bouteille et mes chansons.

On me vit dans ma jeunesse
Fréquenter la porte des grands ;
Jamais ma muse à la richesse
N'offrit un condamnable encens ;
Mais si la fortune contraire
Me donnait d'amères leçons,
J'aurais, pour charmer ma misère,
Et ma bouteille et mes chansons.

A notre liberté chérie,
A nos auteurs, à nos savants,
A la gloire de la patrie,
Aux cœurs nobles et bienfaisants,
Au cercle joyeux qni me presse
Et qui semble écouter mes sons,
J'offre, à tout ce qui m'intéresse,
Et ma bouteille et mes chansons.

E. DESTOUCHES.

LA FEMME PROPHÈTE

PRÉDICTIONS NARRÉES AU SON DU TAMBOUR

Par Mme Louise Dusseuil

MUSIQUE DE L. GOUDESONE

Pour un instant, peuple frivole,
Prêtez l'oreille à mon jargon,
J'arrive exprès du Patagon
Pour vous faire ouïr ma parole.
Ecoutez-moi : nouveau devin,
Sur l'avenir je vais prédire ;
Mais tout ce que je pourrai dire
N'arrivera que l'an prochain.

C'est l'an prochain qu'on verra tout cela.
Bla, bla, rabla, rablabla, rablabla !
Rien n'est plus vrai que ce que je dis là.

L'an prochain, — saison d'abondance, —
De tous biens nous serons pourvu,
Et jamais l'on n'aura tant vu
D'huîtres et de melons en France !
Chacun doublera ses produits,
Aux champs comme dans la famille,
Le concombre et la jeune fille,
Tout enfin portera des fruits !

C'est l'an prochain qu'on verra tout cela,
Bla, bla, rabla, rablabla, rablabla !
Rien n'est plus vrai que ce que je dis là !

A leurs amants les demoiselles
Chastement feront les doux yeux,
Et les maris, — seuls coqs chez eux, —
Auront tous des femmes modèles.
Nulle part on ne trouvera
Des hommes laids, grêlés, difformes ;
Puis les dames auront des formes...
Messieurs, je ne vous dis que ça !

C'est l'an prochain qu'on verra tout cela.
Bla, bla, rabla, rablabla, rablabla !
Rien n'est plus vrai que ce que je dis là !

Le paradis sera sur terre,
Car, — sans nous voler nos gros sous, —
Dès l'an prochain chacun de nous
Sera de fait millionnaire.
Nous n'aurons plus dans cet Eden
Peur que la mort tôt nous délivre,
Jusqu'à sa fin on pourra vivre
Sans drogues et sans médecin !

C'est l'an prochain qu'on verra tout cela.
Bla, bla, rabla, rablabla, rablabla !
Rien n'est plus vrai que ce que je dis là !

Que de multiples chatteries
Nos estomacs vont absorber ;
Les bécasses vont nous tomber
Dans la bouche toutes rôties.
D'ici là si nous avons faim,
Contenons notre impatience ;
Car ces trésors, cette abondance
N'arriveront que... l'an prochain.

C'est l'an prochain qu'on verra tout cela.
Bla, bla, rabla, rablabla, rablabla !
Rien n'est plus vrai que ce que je dis là !

Célestin GAUTHIER.

JE NE SUIS PAS POLISSON

CHANSONNETTE

Chantée par **BERTHELIER**

Musique d'André Simiot

Ma femme à grands cris revendique
Le droit d'user du pantalon,
Et me presse pour que j'abdique
En faveur de son cotillon.
— « De te remodeler le buste,
Me dit-elle, j'ai le moyen :
Mon corset t'ira bien, Guguste,
   Mon corset t'ira bien,
Guguste, mon petit Guguste... »

(Changeant de ton et avec vivacité.)

   — Ah !
Je ne suis pas poli, polisson, non !
   Mais, sur mon âme,
   Ma chère femme
Me fait bien regretter de n'être plus garçon !

Prétextant une maladie
Pour demeurer tard dans ses draps,
Avant jour elle m'expédie
Au marché faire les achats.

Et si j'émets, — chose assez juste, —
Que ce travail n'est pas le mien,
On murmure un — « C'est bon, Guguste,
    Mon cabas t'ira bien.
Guguste, mon petit Guguste... »

      — Ah ! etc.

Comme elle est souvent fatiguée
Et qu'elle craint les embarras,
Il me faut toute la journée
Avoir les enfants sur les bras.
Je dois, moi, qu'elle croit robuste,
Faire mon travail et le sien :
— « Balayer t'ira bien, Guguste,
    Balayer t'ira bien,
Guguste, mon petit Guguste... »

      — Ah ! etc.

Lorsque je rentre en ma demeure,
Le soir, fatigué quelque peu,
Il me faut quand même et sur l'heure
Me transformer en cordon-bleu ;
Car mon épouse est trop auguste
Pour faire un travail plébéien :
— « Cuisiner t'ira bien, Guguste,
    Cuisiner t'ira bien,
Guguste, mon petit Guguste... »

      — Ah ! etc.

Puis comme sa santé réclame
La promenade et le grand air,
On conclut de là que ma femme
Dans ses courses... enfin c'est clair.
La chose assez me tarabuste
Car Jacquot chantait ce matin :
— « T'es connu , t'es connu, Guguste,
    T'es connu du voisin...
Guguste, mon pauvre Guguste... »
        — Ah ! etc.

Célestin GAUTHIER

LA CHANSON DES HOMMES MARIÉS

Composée par un garçon.

Musique de MARC SANDARD

Des *camaros,* au saut du lit,
Ce matin sont venus me prendre ;
« C'est pour un dîner, m'ont-ils dit :
« Avec nous voudrais-tu t'y rendre ? »
Parbleu !... mais à condition
Que nous ferons la chose entre hommes
Les femmes, — j'ai mon opinion, —
C'est fait pour garder la maison
    Et pour soigner les *mômes !*

Refrain :

Quand un homme est complét'ment gris,
J'admets son penchant pour les dames ;
   Mais dans un dîner d'amis,
   Tant que l' café n'est pas pris,
   N' me parlez pas des femmes !

C'est mon goût, j'aime festoyer :
La *nopce* convient à mon sexe;
Mais des jupons dans un dîner,
Non !... c'est gênant... et ça me vexe.
Un repas pour moi n'est charmant
Qué d'autant qu'on s'y trouve à l'aisé,
Et je ne sais rien d'assommant
Comme sentir à tout moment
   Sa femme près sa chaise !

   Quand, etc.

Par genre, près d'un étranger,
La femme fait sa fine bouche,
Et se fait prier pour manger
Une heure à chaque mets qu'on touche.
Puis quand la soif nous fait aller
A coups pressés à notre verre,
Tout haut elle va vous héler :
« *N'y bois pas tant, ça va t' soûler !* »

   Quand, etc.

Du beau sexe parler ainsi,
C'est peu galant, allez-vous dire.
Eh ! messieurs, je parle en mari :
En est-il pour me contredire ?...
Quand c'est pour coudre ou repriser,
Certes, les femmes sont gentilles ;
Mais, — il faut bien le confesser, —
Hors cela l'on peut s'en passer
  ... Tant'qu'il reste des filles !

    Quand, etc.

Célestin GAUTHIER.

MONSIEUR GLOUTON !

CHANSONNETTE DE TABLE

Air : *Mademoiselle, voulez-vous danser ?*

Paroles de A. D. et P.

Refrain :

Vive, vive monsieur Glouton !
    C'est étrange,
    Comme il mange ;

Vive, vive monsieur Glouton
C'est Gargantua second.

Il engloutit, sans perdre haleine,
Quatorze bouchées à la reine
Avec six tranches de melon,
Et deux bouteilles de mâcon !

Vive, vive, etc.

Ensuite vient la gibelotte,
Bientôt après la matelotte ;
Il s'empile, jusqu'au menton,
Le veau, le bœuf et le mouton.

Vive, vive, etc.

Aucune arête ne l'arrête :
Au fond de son gosier, qui prête,
Sans nul obstacle un esturgeon
Glisserait ainsi qu'un goujon !

Vive, vive, etc.

Sa rotondité remarquable
S'étale alors qu'il sort de table ;
Il est bourré comme un canon,
Il est enflé comme un ballon.

Vive, vive, etc

Glouton fait un dieu de son ventre,
Son vaste estomac est un antre !
S'il mange sans distraction,
Il sait boire à proportion.
    Vive, vive, etc.

HONNEUR ET PHILOSOPHIE

Paroles de J.-E. Aubry

Air de *Vieillesse et Jeunesse*

Refrain :

Je ramasse tous les débris
Que je rencontre sur ma route ;
J'aime avec vous boire la goutte,
Chiffonniers de Paris.

J'étais riche à trente ans,
Un revers de fortune
Me fit au clair de lune
La nuit dormir aux champs.
Le sol pour oreiller,
Et le ciel pour toiture,
Sous cette couverture
Pas un seul créancier.

    Je ramasse, etc.

J'avais un fils chéri,
Une épouse, une fille ;
De toute ma famille,
Je suis seul aujourd'hui.
L'infortune a tué
Tous ceux que je regrette ;
Au sort qui me maltraite
Je suis habitué.

    Je ramasse, etc.

J'eus faim et pour manger
J'ai dû prendre la hotte ;
Chaque jour dans la crotte,
Sans honte patauger.
Mais le morceau de pain
Qu'on gagne dans la fange,
Sans rougir on le mange
Au nez de son voisin.

    Je ramasse, etc.

Chiffonniers de Paris,
En voyant ma misère,
Vous m'avez dit : Vieux frère,
Avec nous chante et ris.
Avec vous me voilà !
Moi ! le père Christophe,
Moi ! le vieux philosophe,
Qui toujours chantera

    Je ramasse, etc.

LES BALS LAMOTHE

CHANSONNETTE

Chantée par mademoiselle GANDON

Musique de Frédérich

Ya d' la jeunesse assez stupide
Pour s' fair' scrupul' d'aller danser, -
Ça vous fait mal rien qu' d'y penser !
Savoir si, quand on est valide,
C'est pas permis de s'amuser !
Vrai, je n' comprends pas c'tte jeunesse
Qui cherche à singer les anciens,
Et qui par goût, moins qu' par paresse,
Se donn' des airs qui n' sont pas siens.

Parlé. — Eh aïdonc, là !

Moi, quand revienn'nt les bals Lamothe,
   Tu, rlutu, rlutu, tu !
Le cœur m' chatouille et l' pied m' picote,
J'éprouv' le b'soin d' pincer un chahut,
Faut que j' m'en donne à bouch' que veux-tu.

Zidor, allons, viens-tu ?
Viens-tu ce soir au bal Lamothe ?
Voyons, viens-tu ?... viens-tu ?

Yaura des gens de bonn' tournure,
Des *saigneurs* qu'ont eu des aïeux
Et des vign'rons de Venissieux ;
De masqu's on verra chaqu' voiture
Pleine à fair' craquer les essieux.
Bref l'allégress' s'ra générale,
De tout' part on s'embrassera,
Et c'est par un' ronde infernale
Que la fêt' se terminera !

Parlé. — Eh aïdonc, là !

Moi, quand revienn'nt, etc.

L'existence est bientôt finie
Quand l'esprit n' cess' d'être occupé
Des trist's chos's d' la réalité,
Et l'on doit souvent en sa vie
Etre un peu fou pour sa santé.
Or, quand s' présente un jour de fête,
Que tous soucis soient oubliés,
Et remplaçons l' travail de tête
Par c'lui du cœur et c'lui... des pieds.

Parlé. — Eh ! aïdonc, là ! les bûcheurs, les viveurs

les rimeurs, les gouailleurs, les loupeurs, les polkeurs,
les farceurs, les noceurs et nos sœurs toutes nocéuses !

> Moi, quand revienn'nt les bals Lamothe
> Tu, rlutu, rlutu, tu !
> Le cœur m' chatouille et l' pied m' picote,
> J'éprouv' le b'soin d' pincer un chahu,
> Faut que j' m'en donne à bouch' que veux-tu.
> Zidor, allons viens-tu ?
> Viens-tu ce soir au bal Lamothe ?
> Voyons, viens-tu ?... viens-tu ?

SI C'N'ÉTAIT PAS SI DIFFICILE

Paroles de J.-E. Aubry

Air du *Chapeau de la Marguerite*

> vais avoir la soixantaine,
> Et je n'ai pas assurément
> Un équipage qui me mène
> Où va le public élégant ;
> Et pourtant aux champs, à la ville,
> J'ai travaillé, Dieu sait combien !
> Si je n'ai pas un peu de bien,
> C' n'est pas faut' de m'fair' de la bile.

Que d'ouvriers, vrais travailleurs,
S'enrichiraient de leurs labeurs
Si c' n'était pas si difficile.

J'aime écouter une harangue
Où brillent la raison et l'art,
J'ai toujours redouté la langue
De l'indiscret et du bavard.
Il ne faut qu'un seul mot dans mille
Pour ternir d'un homme l'honneur ;
Aussi je dis au beau parleur,
Au cœur méchant, à l'âme vile :
On empêcherait de parler,
Et la rivière de couler,
Si c' n'était pas si difficile.

Je sais bien que ma femme m'aime,
Elle sait que je l'aime aussi ;
Et pourtant, à certain quantième,
On l'entend crier, Dieu merci !
Moi, j'adore mon domicile,
Mais quand arriv' ce moment-là,
Quand je l'entends crier comm' ça,
Je me sauv' faire un tour en ville :
Pour fuir ce vacarm' sans pareil,
J'irais dans la lune ou l'soleil,
Si c' n'était pas si difficile.

Je voudrais que sur cette terre

Tous les homm's fussent généreux,
Que de notre dictionnaire
On biffât le mot malheureux.
Je voudrais que le plus habile
Prêtât son aide au moins adroit,
Que le puissant soutînt le droit.
Du faible à la marche débile.
Je voudrais voir, méprisant l'or,
Tous les hommes vivre d'accord,
Si c' n'était pas si difficile.

QU'IL N'EN SOIT PLUS QUESTION

CHANSONNETTE

AIR : *Les cent et une misères.*

Pour thème, nos vaudevillistes,
Nos coupletiers, nos journálistes,
N'ont plus qu'un sujet maintenant,
C'est la femme ; hors cela, néant ! (*bis.*)
Pour faire un contraste à leur gamme
Sur cet unique son : la femme,
Moi, je veux dans cette chanson
Que d'elle il ne soit pas question ! (*bis.*)

2

Sur nous la femme a trop d'empire ;
Pour obtenir d'elle un sourire
A ses pieds l'on voit bien souvent
L'homme se jeter suppliant. (*bis.*).
Mais alors c'est donc reconnaître
Que nous l'avons prise pour maître !
Moi je veux dans cette chanson
Que d'elle il ne soit pas question. (*bis.*)

Entre nous, la femme vaut-elle
Qu'à ce point l'on s'occupe d'elle,
Et qu'un mortel, sans être fou,
Puisse ainsi lui monter le cou ? (*bis.*)
Non ! à la femme, être égoïste,
Il faut que l'homme enfin résiste !
Moi, je veux dans cette chanson
Que d'elle il ne soit pas question ! (*bis.*)

Trop bénévolement nos pères
Sacrifiaient à des bergères
(Dont on célébrait les vertus)
Leur temps, leur santé, leurs écus. (*bis.*)
Nous, héritiers de leur histoire,
A la femme sachons moins croire.
Moi, je veux dans cette chanson
Que d'elle il ne soit pas question ! (*bis*)

La femme ! Eh bien, j'admets encore
Que n'ayant une on en décore

La cuisine ou bien son dortoir ;
Mais, en plus de cela, bonsoir ! (*bis.*)
Je trouve, et c'est ce qui m'irrite,
Qu'on enfle par trop son mérite.
Moi je veux dans cette chanson
Que d'elle il ne soit pas question ! (*bis.*)

Mais tout en désirant me taire
Sur le beau sexe, effort contraire,
Je m'aperçois qu'incidemment
De lui j'ai parlé constamment. (*bis.*)
Pourtant n'allez pas en induire
Que la femme a pu me séduire,
Car je veux dans cette chanson
Que d'elle il ne soit plus question ! (*bis.*)

Célestin GAUTHIER.

LE CHOLÉRA

AIR : *Laissez les roses aux rosiers*

Déjà je tremblais pour ma vie :
Du noir choléra j'avais peur,
Lorsque deux flacons d'eau-de-vie
Viennent dissiper ma frayeur.
C'est une liqueur salutaire
Contre le terrible fléau ;
On reste malgré lui sur terre
Quand on use un peu de cette eau.

PERRET DE GERMIGNEY.

L'ALMANACH CHANTANT

RONDEAU

AIR : *Le Sou.*

« Bons artisans, pour égayer vos heures
« Quand vient l'hiver et son ciel attristant,
« Gardez toujours, dans vos sombres demeures,
« Un petit coin pour l'*Almanach chantant.*

« Auprès de vous, vous mes amis fidèles,
« J'accours joyeux, le cœur rempli d'espoir ;
« Une fois l'an, pareil aux hirondelles,
» Je prends ainsi mon vol pour vous revoir.

« Bien que chargé d'un grand nombre d'années,
« Je suis toujours aussi vert qu'à vingt ans ;
« Car si vos fleurs en un jour sont fanées,
« Ma vie, à moi, c'est l'éternel printemps !

« Lorsque pour vous j'entonne une romance,
« Voyez quels feux mon cœur laisse jaillir !...
« C'est que j'ai bu certaine eau de Jouvence
« Qui, pour toujours, empêche de vieillir.

« Ceci pourrait vous trouver incrédules,
« Bien avant vous que de gens l'ont été !
« Mais pour lever ici tous vos scrupules,
« Voici le fait en sa véracité :

« Le papillon chaque été se transforme ;
« Moi, comme lui, j'ai don de me changer.
« Tout en gardant ma primitive forme,
« Je redeviens sans cesse actif, léger.

« Mais pour ce fait au genre humain incombe
« Dieu sait combien de pleurs et de regrets !
« Chaque saison, au profit dé la tombe,
« Le temps détruit tous mes anciens attraits.

« Voyez combien, terrible chrysalide,
« J'ai sur mes pas semé de chansonniers
« Comptez les morts qui m'ont laissé valide,
« Depuis PANARD et depuis DÉSAUGIERS !

« Mais quand l'un d'eux par le trépas abdique,
« Il en vient dix prêts à lui succéder ;
« C'est pour cela que l'*Almanach lyrique*,
« Jeune toujours, ne saurait décéder.

« Après DEBRAUX, BÉRANGER et tant d'autres,
« DUPONT, NADAUD, COLMANCE sont venus ;
« En même temps suivaient ces bons apôtres :
« IMBERT, DALÈS, et d'autres, moins connus.

« Si maintenant vous aviez quelques doutes
« Sur mon honneur, dont je prends peu de soin,
« Sachez d'abord que je possède toutes
« Les opinions... sans en posséder point.

« Léger d'humeur, riche de caractère,
« Je n'eus jamais de plan bien arrêté,
« Un jour je suis révolutionnaire,
« Un jour je suis contre la liberté.

« Mais pour ce crime ayez quelque indulgence,
« Je suis si jeune et j'ai tant à chérir !
« Qu'entre ma belle et l'amour de la France
« Je n'ai vraiment pas le temps de choisir.

« Or, venez tous, vous mes braves poètes,
« Venez vers moi grouper vos légions ;
« Puis, tour à tour, de l'endroit où vous êtes,
« Faites-nous part de vos illusions.

« Venez, venez, et le sourire aux lèvres
« Nous verrons fuir, devant vos airs si doux,
« Tous les points noirs qui dans ces temps de fièvres,
« Froids, menaçants, se dressent devant nous....

« Allez, amis, chantez avec ivresse,
« Chantez, vos vers chéris de l'ouvrier,
« Gais messagers, porteront l'allégresse
« Dans la mansarde, aux champs, à l'atelier !

« Bons artisans, pour égayer vos heures
« Quand vient l'hiver et son ciel attristant,
« Gardez toujours dans vos sombres demeures
« Un petit coin pour l'*Almanach chantant*. »

Célestin GAUTHIE

C'EST LA FAUTE DE MADELEINE

Paroles de J.-E. AUBRY

Air du *Chapeau de Marguerite*

Madeleine est une grondeuse
Que l'on aime dans le pays,
C'est une bonne vieille, heureuse
De donner de sages avis ;
Le matin si j'ai de la peine,
Dame, on n'est pas toujours riant,
Et que le soir passant la plaine,
Quelqu'un me rencontre chantant,
Enfin si l'on me voit content,
C'est la faute de Madeleine.

De la moisson quand sonne l'heure,
Si quelque fermier d'entre nous
D'un mal souffre dans sa demeure,
Pour l'aider nous accourons tous ;
Sans lui, vite, sa grange est pleine ;
Du travail chacun prend sa part.
A ce devoir qui nous entraine ?
Si nous gerbons pour le vieillard,
Si tout est rentré sans retard,
C'est la faute de Madeleine.

Un pauvre enfant perdit sa mère

Qu'il aimait comme on aime Dieu,
Jugez de sa douleur amère,
Hélas ! à ce dernier adieu.
Pour l'arracher à cette scène
Qui de larmes mouillait ses yeux,
Une bonne femme l'emmène
En le consolant de son mieux.
Si l'orphelin se trouve heureux,
C'est la faute de Madeleine.

Rose aimait, dans notre village,
Un garçon comme on en voit tant,
Qui, par un séduisant langage,
Voulait se rendre intéressant.
Près de succomber dans l'arène,
Où l'amour souvent est vainqueur,
Une voix lui dit : Crains la peine
Que donne un moment de bonheur.
Si Rose a gardé son honneur,
C'est la faute de Madeleine.

Nous aimons à faire l'aumône,
Nous ne marchandons pas nos soins
Au pauvre que la mort moissonne
Jusqu'en son misérable coin.
C'est qu'une femme à l'âme humaine
Nous répète, soir et matin :
Enfants, pour calmer une peine,
Il ne faut pas fermer la main.
Si nous aidons notre voisin,
C'est la faute de Madeleine.

TOUT POUSSE!

CHANSON

Musique de JULES ROBERT

Refrain :

Tout pousse, tout pousse, tout pousse !
Sous les toits, sur les monts, dans les champs
Chaque chose en reçoit la secousse :
Tout pousse, tout pousse, tout pousse !
C'est le printemps !

L'hiver a disparu : la nature attendrie
Sous les premiers baisers d'un soleil de printemps
Se réveille agitée ; un grand souffle de vie
Vient pour lui rappeler qu'elle a toujours vingt ans.

Tout pousse, etc.

La poussée au printemps de partout s'évertue,
Et le joyeux soleil, — ce roi des enchanteurs, —
Qui fait germer du sol les poireaux, la laitue,
Fait aussi en volcans se transformer nos cœurs.

Tout pousse, etc.

Le printemps c'est un Dieu, Dieu mutin et peu sage,
Qui, pour faire ses coups, se glisse à petit bruit ;
Ici de la fillette il enfle le corsage,
Et là du cerisier il fait rougir le fruit.

    Tout pousse, etc.

Oui, printemps, et c'est là ce qui fait ta puissance,
C'est là ce qui toujours te fera nous charmer,
Car ton nom que bénit la vieillesse et l'enfance,
Ton nom pour tous veut dire : aimer, aimer, aimer !

    Tout pousse, etc.

Célestin GAUTHIER.

A mon am F. Grizard.

MARIAGE D'AMOUR

CHANSON

AI : Le Credo des quatre Saisons.

Vous désirez que je vous conte
Quelque chose, eh ! je le veux bien ;
Seulement, à ma grande honte,
En fait de neuf je ne sais rien.
Mais, nouvelliste assez précoce,
Je puis vous narrer au besoin
Ce que j'observe en cette noce
En ma qualité de témoin (*bis*).

J'observe que la mariée,
Depuis l'instant du fameux oui,
Se montre constamment troublée
Sous l'œil charmé de son mari ;
Et souvent j'ai pu les surprendre
Tout rêveurs se parlant entre eux,
Par l'échange d'un regard tendre
Comme en ont seuls les amoureux (*bis*).

Ainsi que les célestes couples
Qui peuplent le bleu firmament,
Je les vois, éveillés et souples,
Se guettant ou se taquinant;
C'est qu'à cette heure, — douce chose, —
Le bonheur, ce rêve enchanté,
Devient, plus qu'on ne le suppose,
Pour eux une réalité (*bis*).

Ils ont pour trésor leur jeunesse,
Et pour avenir leurs deux bras ;
C'est un vaillant et bon encaisse
Que bien des gens comme eux n'ont pas.
Du reste, bronzés à la peine,
Du travail ils se feront jeu :
On trimera dur la semaine
Pour le dimanche rire un peu (*bis*).

Mais ce qui désespère en diable
Dès à présent nos amoureux,
C'est de nous voir rester à table
Quand ils voudraient n'être plus qu'eux.

Pour rendre leur fureur complète,
Restons ici pendant un mois,
Et trinquons au bonheur d'Annette
Pour boire à celui de François (*bis*).

Célestin GAUTHIER.

CE QUI REND BÊTE

Paroles de J.-E. AUBRY

AIR : *Chez le père Gérôme.*

Avant que je sois amoureux,
Je parlais comme un sage ;
Mais d'une fille les beaux yeux,
Les pieds et le corsage
M'ont tellement
Changé vraiment,
Que près de ma Jeannette
Je reste sot
Sans dire un mot.
Comme l'amour rend bête !

Avant que mon vieil oncle Jean
Me laissât sa fortune,
Je vivais heureux sans argent,
Sans haine et sans rancune.

En peu de temps,
Amis, parents
Ont vidé ma cassette.
Ils me flattaient,
Me caressaient.
Comme l'argent rend bête !

Un beau jour, je fonde un journal
Où sans cesse je fronde,
Disant moins de bien que de mal,
Attaquant tout le monde.
Six mois après,
Par deux arrêts
En prison l'on me jette,
A moitié fou
Je sors du clou.
Comme l'esprit rend bête !

Catherine avec des sabots
A quitté son village,
Maintenant elle a des chevaux,
Un brillant équipage ;
Fière d'un rang
Pas honorant,
Elle lève la tête.
L'or corrupteur
Changea son cœur
Comme l'orgueil rend bête !

Pierre à jeun sait bien ce qu'il est

Oui, mais s'il passe à boire
Tout un grand jour au cabaret,
C'est bien une autre histoire.
Il est auteur,
Compositeur,
Peintre, sculpteur, poéte ;
Puis il soutient
Que l'art va bien.
Comme le vin rond bête !

A LOUISON

Nous avons passé de longs jours ensemble :
T'ont-ils paru longs ? t'ont-ils paru courts ?
Quant à moi, Louison, me trompé-je ? il semble
Que d hier à peine en date le cours.
Ces jours bienheureux écoulés ensemble
T'ont-ils paru longs ? t'ont-ils paru courts ?

Qu'ils n'aient pas de fin !.. Mais parfois je tremble :
En demain se peut changer mon toujours !
Que l'an à venir au passé ressemble !
C'est l'unique vœu auquel je recours.
T'ont-ils paru long ? t'ont-ils paru courts
Ces jours bienheureux écoulés ensemble ?

BELTON.

LA BELLE MADELON

Paroles de J.-E. AUBRY

AIR : *En r'venant d'Surènes*

J'aime la belle Madelon,
    Qu'on voit dans la plaine
Avec un bonnet de coton
    Et des bas de laine.
Chacun appell' Madelon,
    La bell' Madeleine.

L'amour nomm'rait Madelon
    Sa mère et sa reine.
Bientôt d'une tendre union,
    Pour porter la chaîne,
Je s'rai l'époux d'Madelon,
    L'époux d'Madeleine.

Je s'rai l'époux d'Madelon,
    Qui, sous un grand chêne,
M'a dit un soir sur l' gazon :
    — Mon petit Etienne,
Si tu n'aim' que Madelon,
    T'auras Madeleine.

Si tu n'aim' que Madelon,
    Faut qu'il t'en souvienne,

Prends bien garde aux coups d'bâton;
. Car, en souveraine,
Sur toi régn'ra Madelon,
    Foi de Madeleine !

Depuis qu' la bell' Madelon
    Est madame Etienne,
C'est moi qui joue du bâton
    Toute la semaine.
Ça n'fait pas rir' Madelon,
    · Rir' Madeleine.

JE N'ÉTAIS PAS SEUL

ROMANCE

« L'amour, c'es'
l'égoïsme à deux.
TH. BARRIÈR.

AIR : *Sur le rebord de ma fenêtre.*

Un instant j'ai cru, moi, sceptique,
Moi qu'un doute affreux dévorait,
Voir dans une femme angélique
Un coin du ciel qui s'entr'ouvrait:
Mon nom par elle, ô joie extrême !
Avec amour fut prononcé ;

Mais ce doux mot : « Ami, je t'aime ! »
A moi n'était point adressé.

Pourtant sa bouche sur la mienne
Avec bonheur se délectait ,
Et , grisé par sa pure haleine,
Mon cœur, joyeux , se dilatait.
Car dans notre amoureuse fièvre
Nous nous tenions bien enlacés ;
Mais les chauds baisers de sa lèvre
A moi n'étaient point adressés.

Hélas ! détournons le calice,
Et toi, pauvre cœur méconnu ,
Qui fus le jouet d'un caprice,
Brise cet amour tard venu.
A tes transports mets une digue
Et cache ton honneur blessé ,
Car l'amour que l'on te prodigue
A toi seul n'est point adressé !

Célestin GAUT

FERNANDA

Paroles de J.-E. AUBRY

Air : *C'est l'heure ou s'endorment les roses*

Des romans je hais la lecture;
Pourtant dernièrement j'ai lu
D'un bout à l'autre l'aventure
D'une femme au cœur corrompu.
Il est bien plus d'une héroïne
Qui pourrait porter ce nom-là :
Mademoiselle la Ruine,
Mademoiselle Fernanda.

Jeune homme qui de ta province
Quittes les sommets enchanteurs,
Pour vivre à Paris comme un prince
Parmi des fous et des joueurs,
Afin d'honorer ta cuisine,
Un de ces fous t'amènera
Mademoiselle la Ruine,
Mademoiselle Fernanda.

De la grande scène lyrique
Les merveilles t'éblouiront,
Et de leur regard séraphique
Bien des belles te séduiront :
Sous leurs beaux traits, leur taille fine,

Toujours se trouve à l'Opéra
Mademoiselle la Ruine,
Mademoiselle Fernanda.

Sans autres mauvaises pensées,
Aujourd'hui tu désires voir,
A Mabile, aux Champs-Elysées,
Comment on s'amuse le soir.
Montrant sa petite bottine,
Bien sûr avec toi polkera
Mademoiselle la Ruine,
Mademoiselle Fernanda.

Enfin partout elle se montre,
Au bal, au spectacle, au concert,
Et malheur à qui la rencontre !
Elle vend ses baisers si cher !
Quelle dangereuse coquine !
En moins d'un mois te ruinera
Mademoiselle la Ruine,
Mademoiselle Fernanda.

Après avoir eu équipage,
Et gaspillé des millions,
Elle cache, lorsque vient l'âge
Tous ses vices sous des haillons,
Que de gens heureux, j'imagine,
Eût faits tout l'or que dépensa
Mademoiselle la Ruine,
Mademoiselle Fernanda.

LES QUATRE CHEMINS

Paroles de J.-E. AUBRY

AIR : *Des veilleurs de nuit*

Bûcheron, nous sommes quatre
Qui cherchons quatre chemins,
Et nous sommes las de battre
Votre forêt de sapins.
— Je devine, à votre air triste,
Ce que vous avez rêvé.
Consolez-vous, pauvre artiste,
Votre chemin est trouvé.

Sans que rien ne vous retarde,
Votre route, la voilà :
Allez, et que Dieu vous garde,
La gloire a passé par là.

Moi, monsieur, dans le commerce
J'ai vu mes cheveux blanchir.
Depuis quarante ans j'exerce
Sans avoir su m'enrichir.
— Vous pouviez dans l'opulence
Vous donner plus qu'il ne faut.
Aussi votre conscience
Vous fait marcher le front haut.

Sans que, etc.

Moi j'ai perdu ma famille,

Je suis seule au monde enfin,
Et je n'ai que mon aiguille
Pour gagner un peu de pain.
— Pauvre et déjà seule au monde
Je comprends votre douleur,
Mais, bien qu'elle soit profonde,
Vous pouvez croire au bonheur.

Sans que, etc.,

Moi j'ai de l'or et des terres
Qui viennent de mes parents.
Pour soulager des misères
Je cherche des indigents.
— Puisque votre bourse s'ouvre
Pour les hommes malheureux,
Devant vous je me découvre,
J'aime les cœurs généreux.

Sans que, etc.

L'INSTRUCTION OBLIGATOIRE

Par BELTON

Air à faire.

Le philosophe bilieux,
Le philanthrope atrabilaire,
Suant, soufflant à qui mieux mieux,
Trompettent une nouvelle ère.

2.

Ils disent, chevaliers errants :
« Tout mal provient de l'ignorance,
« Poursuivons ce mal à outrance
« Et supprimons les ignorants.

« Déjà la vaccine a soustrait
« L'espèce à des maux redoutables;
« D'êtres voués à rester laids
« Elle a fait des êtres aimables.
« L'instruction, en retapant
« De l'humanité le vieux type,
« Détruira le mauvais principe.
« Inoculons chaque ignorant. »

Quant à moi, je le dis bien haut,
Dût-on m'accuser de routine,
Je suis grêlé comme Veuillot,
Cependant je hais la vaccine.
Et m'offrît-on le premier rang,
A condition de m'instruire,
Ou seulement de savoir lire,
Que je resterais ignorant.

On m'oblige à sortir vêtu,
Quand parfois il pourrait me plaire
D'aller par la ville tout nu
Dans la saison caniculaire :
A la rigueur, je le comprends;
Mais qu'à mon esprit on impose
Un vêtement! — Je m'y oppose,
Et prétends rester ignorant.

Passe encore si le savoir
Donnait probité, conscience,
Et si toujours on pouvait voir
Grand cœur avec grande science.
Qu'on le démontre, et je me rends;
Mais parmi les lettrés qu'on nomme,
Diogène verrait-il son homme ?
Je préfère vivre ignorant.

Sans chercher comment ou pourquoi,
Sans penser qu'on dût jamais lire,
Auprès d'Eve se tenant coi,
Adam vivait sans se le dire.
Las ! il goûte au fruit enivrant,
Soudain sa félicité cesse !
Le savoir n'est pas la sagesse,
J'aime mieux rester ignorant.

Savant!... on abuse du mot
D'une façon hyperbolique;
Un savant peut n'être qu'un sot,
Un âne chargé de relique.
Prenons, si l'on veut, le plus grand :
Sait-il, en sa science profonde,
Pour quelle fin il est au monde ?
Non... Je veux mourir ignorant.

A BAS L'JOUR DE L'AN

Paroles de J.-E Aubry

AIR : *Quel cochon d'enfant*

Dans le beau siècle où nous sommes
    Que d'esprits pointus.
Les femm's cri'nt : A bas les hommes!
    Nous n'en voulons plus.
Les hommes cri'nt : A bas les femmes !
    Moi j'cri', mécontent :
Sans en vouloir à ces dames,
    A bas l'jour de l'an !

Est-il un jour dans l'année
    Plus entortillant ?
On entend tout' la journée
    Le mêm' compliment.
Pour les enfants c'est un' fête,
    Mais moi, qui suis grand,
J'trouv' que c'est un jour bien bête,
    A bas l'jour de l'an !

Pour un neveu qui vous flatte
    Sur chaque défaut,
Ou pour une nièce ingrate
    Qui flaire un magot ;
Pour un portier qui vous r'proche

D'rentrer tard souvent,
Il faut fouiller à sa poche,
A bas l'jour. de l'an !

Pour éviter la cohorte
De tous ces vautours,
Je vais mettre sur ma porte :
« Absent pour quinz' jours. »
Puis à Nanterre ou Surênes,
Avec peu d'argent
J'vivrai sans donner d'étrennes.
A bas l'jour de l'an !

Pour un pois que l'on vous donne,
Il faut rendre un œuf.
Cette anné', Dieu me pardonne,
Je ne s'rai pas le bœuf.
Il me fait l'effet d'un' purge,
Ce jour embêtant ;
Aussi contre lui j'm'insurge,
A bas l'jour de l'an !

Si les homm's étaient sincères
En faisant leurs vœux,
Ma caisse une des premières
S'ouvrirait pour eux ;
Comme ce n'est qu' pour ma bourse :
Qu'on m'trouve charmant,
J'vais dire en prenant ma course
A bas l'jour de l'an !

LE MARTYR DU TRAVAIL !

Paroles de M. Louis DELACHAUSSÉE

AIR : *Les petits coupeurs de bois.*

Sur la route du cimetière,
Un convoi lentement passait,
Et, silencieuse, derrière,
Une foule en deuil se pressait.
Tous rendaient un dernier hommage
A leur frère, humble charpentier,
Qui, tombant d'un échafaudage,
S'était tué sur le chantier ! — Ah !

Refrain :

Dans la détresse ou l'opulence,
Passants qui rentrez au bercail,
Découvrez-vous tous en silence
Devant le martyr du travail !

L'homme que l'on portait en terre
Etait un brave compagnon
Recherché pour son caractère
Et pour son cœur sensible et bon.
Aussi, ses amis de la perte
Etaient touchés profondément :
Sur sa fosse encore entr'ouverte,
Ils sanglotaient amèrement. — Ah !

Dans la détresse, etc.

Et par malheur il était père,
Père de trois petits enfants
Voués dès lors à la misère ;
L'aîné n'a pas encor dix ans !
De l'amitié, touchante preuve,
Les camarades du défunt,
Pour les orphelins, pour la veuve,
Firent une quête en commun. — Ah !

Dans la détresse, etc.

LA CUEILLETTE

Paroles de M. **Louis DELACHAUSSÉE**

AIR : *Les baisers de ma mère.*

Ou : *Mon cœur a vingt ans pour t'aimer.*

Avoir vingt ans, c'est beau sans doute,
Alors on peut tout espérer ;
Mais souvent de la bonne route
L'esprit se plaît à s'égarer !...
Quand de peu votre âme est ravie,
Vous ne perdez rien à vieillir ;
Car à tout âge dans la vie
Il est des roses à cueillir ! } *bis*

Pour entreprendre la campagne
Et la mener à bonne fin,
L'homme doit prendre une compagne,

A deux l'on fait mieux le chemin.
Ainsi le veut la destinée,
L'amour en nos cœurs doit jaillir,
Car dans les bras de l'hyménée
Il est des baisers à cueillir ! } bis.

Artisans, quittez la besogne
Quand sonne le jour du repos;
Sablez sagement le bourgogne,
Vous n'en serez que plus dispos.
De ce vieux vin vous êtes dignes !
Si l'ennui vient vous assaillir,
Souvenez-vous que dans les vignes
Il est des raisins à cueillir ! } bis.

Paysan, lorsque l'alouette
Vient annoncer l'aube du jour,
Sans crainte que l'on t'inquiète,
Tu peux commencer ton labour.
Travaille ferme, et, je l'espère,
Tu pourras t'en enorgueillir ;
Car des entrailles de la terre
Il est des épis à cueillir ! } bis.

Et vous, jeunes gens, quand la France
Vous appelle sous ses drapeaux,
Ne perdez jamais l'espérance
De revoir un jour vos hameaux.
Marchez, le devoir vous l'ordonne :
A l'honneur nul ne doit faillir !
Français, sur le champ de Bellone
Il est des palmes à cueillir ! } bis.

ON FAIT C' QU'ON PEUT

DICTON POPUAIRE

Paroles de **Louis DELACHAUSSÉE**

AIRS : *Passez-moi l' mot; Sur un Tonneau;*
Mariez-vous donc.

— Tiens, c'est toi, mon vieil ami Chose,
Comment va?... Mais, cristi ! mon bon,
Tu ne sens vraiment pas la rose,
Quel diable d'état fais-tu donc ?
— Je suis, dit-il, dans la vidange,
J'ai bien du mal pour gagner peu ;
Mais, tu sais, comme il faut qu'on mange,
    On fait c'qu'on peut !

Par nature je suis sensible,
Et, quand je vois un indigent,
Je voudrais qu'il me fût possible

Je suis loin d'être richissime,
Tout bas je vous en fais l'aveu,
Pourtant je lui donne un décime,
    On fait c'qu'on peut !

Une maison était en flamme,
Aussitôt un brave pompier,
Guidé par l'élan de son âme,
Retire un vieillard du brasier.
— Votre conduite est admirable,

Lui dit-on... Mais lui, dans le feu,
Répond : — Pour sauver son semblable,
On fait c'qu'on peut !

Un étudiant à sa cocotte
Disait un soir, en rigolant :
— Je voudrais, d'une matelote,
Te régaler... Mais pour l'instant
Je n'ai que du pain, du fromage
Avec ça du vin, s'il en pleut !
Quand on n'a rien à mettre en gage,
On fait c'qu'on peut !

—Après trois ans de mariage,
Vous n'avez pas le moindre enfant !
Allons, mon gendre, du courage,
Votre femme les aime tant !
— Belle maman, je vous assure
Qu'un poupon serait tout mon vœu ,
Et pour en avoir, jevous jure...
On fait c'qu'on peut !

VOILA LE PLAISIR, MESDAMES

CHANSONNETTE

Paroles de **Louis DELACHAUSSÉE**

AIR : *J'ai tapé dans l'tas* (Ch. Colmance).

Ou : *De Saint-Ouen.*

Dont la musique se trouve chez L. Vieillot, 32 rue N.-D.-de-Nazareth.

Etes-vous en toilette,
Dans le bois de Meudon,

Dînant en tête-à-tête
Sur le riant gazon,
Que tout à coup l'orage
Se déchaîne avec rage,
Que l'eau
D'en haut
S'échappe à grosses lames !
Voilà le plaisir, mesdames !
Voilà le plaisir ;
Voilà le plaisir, mesdames !
Faites-vous servir !!!

Et quand, sur la rivière,
Vous allez chalouper,
Espérant à Cythère
Aborder et souper...

Sur la rive on remarque
Que chavire la barque.
Alors,
Trésors,
Faut barboter sans rames !
Voilà le plaisir, etc.

C'est à la balançoire,
Tendrons frais et coquets,
Que vous laissez, par gloire
Entrevoir vos mollets !
Mais, qu'une corde casse,
Vous voilà dans l'espace
Lancés,

Blessés,
En butte aux épigrammes !
Voilà le plaisir, etc.

Comptant seize ans à peine,
Berthe voulut, un jour,
Se river à la chaîne
Du dieu qu'on nomme Amour.
Elle eut pour héritage,
En cinq ans de ménage,
Six gros
Marmots
Chantant dé tristes gammes !
Voilà le plaisir, etc.

J' N'AI PAS D' PENCHANT

POUR LES ANGLAIS

AIR : *On dit que je suis sans malice.*

Cherchant en mon cerveau malade
De quoi faire une rigolade,
Quand un ami m' dit : J' n'ai qu'un sou,
En as-tu trois pour boire un coup ?
Afin de le mettre à son aise,
J'accepte avec lui cette anglaise,
Pourtant, j' vous l' jure, foi d' Français !
J' n'ai pas d' penchant pour les Anglais.

J'adore le jus de la grappe,

Et sur le bouchon quand je frappe,
Je remplis mon verre à plein bord,
Et j'ris du porter d'un milord.
J'aime tous les fruits sans mystère,
Et j' dévor' la poir' d'Angleterre.

Pourtant, etc.

Oui, je préfère en nourriture
Le veau, le rôti vrai nature,
Le brochet, la sole au gratin
Bien humectés de chambertin.
Le rosbif a pour moi des charmes,
Le bifteck jamais ne m'alarme.

Pourtant, etc.

J'aime la course, aussi la chasse,
La rapidité d'un steepl'-chase ;
J' n'aime pas qu'on s'abîme l'portrait ;
Pour moi la boxe n'a pas d'attrait.
D'un coup de poing vous tuez l'homme ;
Pour ces coups-là l'on vous renomme.
V'là pourquoi, j' vous l' jure, foi d' Français !
Qu'j'ai pas d' penchant pour les Anglais.

L'EFFET DU VIN

CHANT BACHIQUE.

Paroles de **Louis DELACHAUSSÉE**.

Air du *Violoneux* (Offenbach).

Amis, je me sens maussade ;

Pour dissiper mon chagrin
Allons! versez-moi rasade;
La gaîté naît dans le vin !...
Je suis un joyeux trouvère,
Quand coule le chambertin! (*bis.*)

Refrain :

Et tin, tin, tin !
La joie est dans mon verre,
Et tin, tin, tin!
Au diable le destin !

} *bis.*

Si je suis atrabilaire,
C'est lorsque je bois de l'eau :
Partout la sombre misère
M'apparaît comme un fléau !
Mon regard est moins sévère
Quand coule le chambertin ! (*bis.*

Et tin, tin, tin ! etc.

Voulant saisir la richesse,
Je perdis mes plus beaux jours ;
Quand j'avançais, la traîtresse
De moi s'éloignait toujours !
Ne cherchant plus la mégère
Quand coule le chambertin ! (*bis.*)

Et tin, tin, tin !
Je la trouve en mon verre
Et tin, tin, tin !
Dieu! quel heureux destin !

} *bis.*

Et tin, tin, tin, tin, tin, tin, tin, tin, tin, tin !

LE PETIT-LAIT D'ARGENTEUIL

Refrain :

Du lundi joyeuse bohême,
A qui Dieu fît bon pied, bon œil,
Courons fêter, les jours de flême,
— Le bon petit-lait d'Argenteuil,
Le bon petit-lait, le bon petit-lait,
Le bon petit-lait d'Argenteuil.

Quand les faubourgs touchaient à la barrière,
Les Parisiens, pour éviter l'impôt,
Allaient le soir balayer la poussière
Dè leurs gosiers en en vidant un pot.
Mais aujourd'hui que le mur de la ville
Est reculé, du fisc craignant les coups,
Le doux nectar du peuple aimé s'exile ;
Adieu gaîté, plus de vin à six sous.
　　Plus de vin à six sous.

　　Du lundi, etc.

Julep rosé ! bordeaux du prolétaire,
Ah ! crois-le bien, nous ne t'oublions pas.
Aux travailleurs ta sève est salutaire,
Et... le plaisir vers lui guide nos pas.
Tu sais si bien faire oublier les peines,
Sous tes baisers, merveilleuse liqueur,
Que tes amants remportent dans leurs veines,
En te quittant, pour huit jours de bonheur !
　　Pour huit jours de bonheur !

　　Du lundi, etc.

Les ceps rangés comme une armée immense
Sur ces coteaux ont l'air de fiers soldats.
Voyez ! voyez ! chacun, sur la défense,
Porte un fusil... non, c'est un échalas...
Trois fois salut ! panorama sublime,
Qui parle au cœur du grand travail de Dieu !
En vérité l'homme est un être infime,
Quand il regarde et réfléchit un peu,
    Et réfléchit un peu.

      Du lundi, etc.

Trêve un instant à la philosophie,
Le pot de grès valse sans s'arrêter,
Le verre en main la chanson nous défie,
Au dieu Bacchus qui pourrait résister ?
Pour le passé les vieux chantent la gloire...
D'autres moins mûrs chantent la liberté,
A l'avenir la jeunesse veut boire,
Et... chacun trinque à la fraternité,
    A la fraternité !

      Du lundi, etc.

QUAND TOUT EST NOIR

Paroles J.-E. AUBRY

AIR : *Je t'aime encor*

Ecoutez, mes chères petites,
L'histoire d'une pauvre enfant

Souvent l'imprudence a des suites
Qui causent un cruel tourment.
Elle se nommait Madeleine,
Celle dont je parle ce soir.
N'allez jamais à la fontaine
    Quand tout est noir.

La nuit hélas ! étant venue
Et l'eau manquant à la maison,
Madeleine, moi je l'ai vue,
Partit gaie autant que pinson.
Depuis, les échos de la plaine
Ont répété son désespoir.
N'allez jamais à la fontaine
    Quand tout est noir.

N'ayant plus de pleurs à répandre,
Sa mère est morte de chagrin ;
Son père aussi, las de l'attendre,
De la tombe a pris le chemin.
Tout le village dans la peine
Désespère de la revoir.
N'allez jamais à la fontaine
    Quand tout est noir.

LE SERGENT BEL-HUMEUR

ET

FANFAN LE CONSCRIT

CHANSONNETTE.

Paroles de **Louis DELACHAUSSÉE**

AIR : *Voilà, voilà, le refrain du bivouac.*
(Le Chalet.)

Allons, allons, jeune recrúe,
l faut payer ta bienvenue,
Parbleu, Fanfan,
Sois ¡bon enfant !
Je suis sergent, c'est pas peu dire,
Et conscrit, si tu veux t'instruire,
Rien n'est meilleur
Qu'un instructeur !
Vu qu'il fait soif d'une chaleur pareille,
Sans m'offenser, tu peux payer bouteille.

Refrain :

Le vin, l'amour, la pipé et le tabac,
Voilà, voilà, voilà,
Voilà ce qu'il faut au soldat.
Le vin, l'amour, la pipe et le tabac,
Voilà, voilà, voilà,
Voilà ce qu'il faut au soldat,
Voilà, voilà ce qu'il faut au soldat. (*Bis.*)

Payer aux vieux, c'est l'ordinaire,
Ainsi, Fanfan, c'est ton affaire.
   Aerse, morbleu !
   Ce petit bleu
Qui sait embellir l'existence
De tous les enfants de la France !
   Verse toujours,
   C'est un velours !
Conscrit, avant qu'on batte la retraite,
Je veux boire à ta première conquête !

   Le vin, l'amour, etc.

Rien n'est beau comme l'uniforme :
Quand du dieu Mars on prend la forme,
   Vénus du coup
   Vous saute au cou !...
Bonnes d'enfants et cuisinières
Sont éprises des militaires,
   C'est le pompon
   Qui plaît, cré nom !...
Moi, j'aime assez les yeux de Marguerite,
Sans dédaigner les ceux de sa marmite.

   Le vin, l'amour, etc.

— Sergent, dit Fanfan, il me tarde
De culotter une bouffarde ;
   Je veux fumer,
   Boire et charmer

La rouge, la brune et la blonde,
Toutes les trois, comme Joconde.
J'aime, d'ailleurs,
Les trois couleurs !
Je suis conscrit, mais j' ne suis pas bélître,
Pour le prouver, je paie encore un litre.

Refrain :

Le vin, l'amour, la pipe et le tabac,
Voilà, voilà, voilà,
Voilà ce qu'il faut au soldat.
Le vin, l'amour, la pipe et le tabac,
Voilà, voilà, voilà,
Voilà ce qu'il faut au soldat,
Voilà, voilà ce qu'il faut au soldat. *(Bis.)*

C'EST TOUJOURS DU MÊME TONNEAU

CHANSONNETTE-PROVERBE

Paroles de Louis DELACHAUSSÉE.

AIR : *Ça doit vous gêner sur l'moment.*
Ou : *On dit que je suis sans malice.*

— Garçon ! disais-je, un jour, à table,
Votre vin n'est pas très-potable,
Comme je ne tiens pas au prix,
Donnez-m'en qui soit plus... exquis !

— Voilà, dit-il, du vin nature...
Je goûte... et vrai, je vous assure
Que de la bouteille ou du broc,
C'est toujours du même tonneau !   } *Bis.*

Jeune, j'étais d'humeur folâtre ;
Je m'amusais fort au théâtre :
Le moindre bon mot d'un acteur
Me faisait rire de bon cœur.
Maintenant, je reste impassible,
Parfois, je m'ennuie au possible !
Il est vrai qu'en fait de nouveau,
C'est toujours du même tonneau.   } *Bis.*

J'étais, déjà, veuf de deux femmes,
— Satan, prends pitié de leurs âmes ! —
Je ne fus pas, avec les deux,
Seulement uné fois heureux !
Pourtant, j'en pris une troisième,
Qui paraissait la douceur même ...
Je suis tombé dans le panneau ;
C'est toujours du même tonneau !   } *Bis.*

De tous les côtés, la réclame,
En nous assiégeant, nous proclame
Que nous pouvons tous, bel et bien,
Nous habiller presque pour rien !
Le progrès a bien fait des choses ;
Mais pas tant de métamorphoses !
Toujours on paya cher le beau ;
C'est toujours du même tonneau !   } *Bis.*

Enfin, d'un accord unanime,
On dit : « Le gain est moins minime
Qu'il ne l'était aux temps passés ! »
En sommes-nous plus avancés ?...
Pour quiconque ne voit pas trouble :
Gagner plus, mais dépenser double,
Et n'avoir jamais que zéro,
C'est toujours du même tonneau !　　{ *Bis.*

MON COUSIN LE POMPIER

FARIBOLE.

Paroles de **Louis DELACHAUSSÉE**

AIR des *Pompier de Nanterre.*

Je suis bonne, et je le confesse,
J'ai dans le cœur une faiblesse :
J'aime un beau gaillard de pompier
Qui ne se mouche pas du pied!
　　Ce n'est que depuis peu
　　Que je suis sa... cousine;
　　Aussi de ma cuisine
　　Je ne crains plus le feu !

Refrain :

Amour de pompier ! lui seul sait me plaire ,
Il sait en conter sans passer pour sot !
Aussi, quand il vient voir sa cuisinière ,
 Je tire du pot,
 Pour lui, le plus friand morceau !
  Trou là là là, (*Bis.*)
  Quel beau militaire,
  Trou là là là, (*Bis.*)
  Que ce soldat-là .
  Ah ! ah ! ah ! ah !

} *Bis.*

Entre nous , je puis vous le dire ;
Il a le petit mot pour rire.
Quand je lui dis qu'il *pompe* trop,
Il me répond tout aussitôt :
 « C'est l'état qui veut ça !
 Il faut bien, chère amie ,
 Éteindre l'incendie
 Qu'on a dans l'estomac ! »
 Amour de pompier ! etc.

Qu'il est gentil, mon adorable !
Et galant que c'est pas croyable,
Il me donne... des noms d'oiseaux ;
Tous ceux qu'il trouve les plus beaux !
 Même, selon mes vœux,
 Il m'offrit à Montrouge,
 Une bague en crin rouge
 Faite avec ses cheveux !
 Amour de pompier ! etc.

A son bras, comme je suis fière,
Quand près de l'ancienne barrière
Nous montons au salon Grados
Pincer nos pas *chicancardos !*...
    C'est à lui le pompon !
    Car, nul ne le dégote
    Quand il lance sa botte
Par-dessus mon chignon !
Amour de pompier ! etc.

LE BŒUF PHILOSOPHE

REGAIN DU SIÉGE.

Par L. BELTON

AIR : *A faire.*

Un ruminant, avec tristesse,
Disait : Depuis plus de cent ans
De notre chair l'homme s'engraisse,
C'est être le bœuf trop longtemps.
Il est urgent, foi d'animal,
D'endosser la corvée à d'autres.
Et, sans être mauvais apôtres,
Je dis : A ton tour, mons cheval.

La plainte est juste et sans emphase,
Répond un coursier plein de feu.
Mais s'imagine-t-on Pégase
Figurant dans un pot-au-feu !

Il serait fort le camouflet !
Hennir au clairon, à la guerre,
Et finir aux pommes de terre !
Passe encore pour le mulet.

Le mulet, ainsi mis en cause,
Comme un beau diable se défend ;
Dire son fait au bœuf il n'ose,
Et le cheval est trop puissant !
L'occasion fait le larron.
« Ce qui, dit-il, ferait merveille,
C'est mon voisin à longue oreille.
Prenez donc maître Aliboron. »

« Grand merci de la préférence, »
Pense l'âne en son pardedans.
« Je serais fort maigre pitance...
Le chien est tendre sous la dent.
Entre nous, là n'est pas mon goût.
Mais dès que c'est celui du maître,
Qu'à son palais plaît ce ragoût,
Qu'il en crève, s'il veut, le traître ! »

On sait le chien ami de l'homme ;
A ce titre il se croit gardé.
Erreur : Comme le bœuf et comme
Le cheval il sera mangé.
Tout est matière à ses repas,
Tout ! Même, chose abominable !
Quand les loups ne se mangent pas,
L'homme, lui, mange son semblable.

VERT-DE-GRIS, SONNE LA FANFARE

Par **L. Belton**

AIR *à faire.*

Bon public, je viens d'inventer
Un produit des plus admirable;
Cent gazettes vont le vanter.
C'est un aliment délectable;
Pur extrait de topinambours,
Il sert encore à la toilette...
Vert-de-gris, sonne la trompette !
Bien sots qui se montreraient sourds!...
    Roulez, tambours.

Messieurs, je suis grand médecin,
Membre de vingt académies,
Choléra, variole, farcin,
Je me ris des épidémies
Et sais en arrêter le cours.
J'aurais ressuscité Lazare !...
Vert-de gris, sonne la fanfare!
Je guéris tout mal en trois jours...
    Roulez, tambours.

Apôtre de l'humanité,
Dans tout homme je vois un frère,
Visage blanc, noir ou teinté,
Chaque créature m'est chère.

Concitoyens, de mes discours
Lisez l'édition complète....
Vert-de-gris, sonne la trompette !
C'est vingt sous, peuple, ô mes amours !....
        Roulez, tambours

Bourgeois, je veux vous gouverner,
Pour mon plus grand bien et le vôtre ;
Le temps presse, et vous lambinez !
De salut, il n'en est point d'autre ;
Tombez dans mes bras sans retours,
Sinon, redoutez la bagarre.....
Vert-de-gris, sonne la fanfare!
A ce prix la paix pour toujours.....
        Roulez, tambours !

Badauds, je suis prix de vertu
Je le dis haut, quoique modeste :
Ces bons messieurs de l'Institut
M'ont trouvé saint, c'est manifeste ;
Ceci soit dit sans calembours.
Je suis bon des pieds à la tête.
Vert-de-gris, sonne la trompette !
Je donne sans aucun débours.
        Roulez tambours.

TABLE DES MATIÈRES

Entre la poire et le fromage 3
Plus nous allons, moins nous y allons 5
Les culottes 7
Ma bouteille et mes chansons 9
La femme prophète 10
Je ne suis pas polisson 13
La chanson des hommes mariés 15
Monsieur Glouton ! 17
Honneur et philosophie 19
Les bals Lamothe 21
Si c'n'était pas si difficile 23
Qu'il n'en soit plus question 25
Le choléra 27
L'almanach chantant 28
C'est la faute de Madeleine 31
Tout pousse ! 33
Mariage d'amour 34
Ce qui rend bête 36
A Louison 38
La belle Madelon 39
Je n'étais pas seul 40
Fernanda 43
Les quatre chemins 44
L'instruction obligatoire 45
A bas l'jour de l'an 48
Le martyr du travail 50
La gueillette 51
On fait c'qu'on peut 53
Voilà le plaisir mesdames 54
J' n'ai pas d' penchant pour les anglais 56
L'effet du vin 57
Le petit-lait d'argenteuil 59
Quand tout est noir 60
Fanfan le conscrit 62
C'est toujours du même tonneau 64
Mon cousin le pompier 66
Le bœuf philosophe 68
Vert-de-gris sonne la fanfare 70

FIN DE LA TABLE DES MATIÈRES.

1379 — Imprimé par Charles Noblet, rue Soufflot, 18.